郷土読み物

井月さん

上伊那教育会／編

ほおずき書籍

柴《しば》船の霞《かす》んで下る日和《ひより》かな

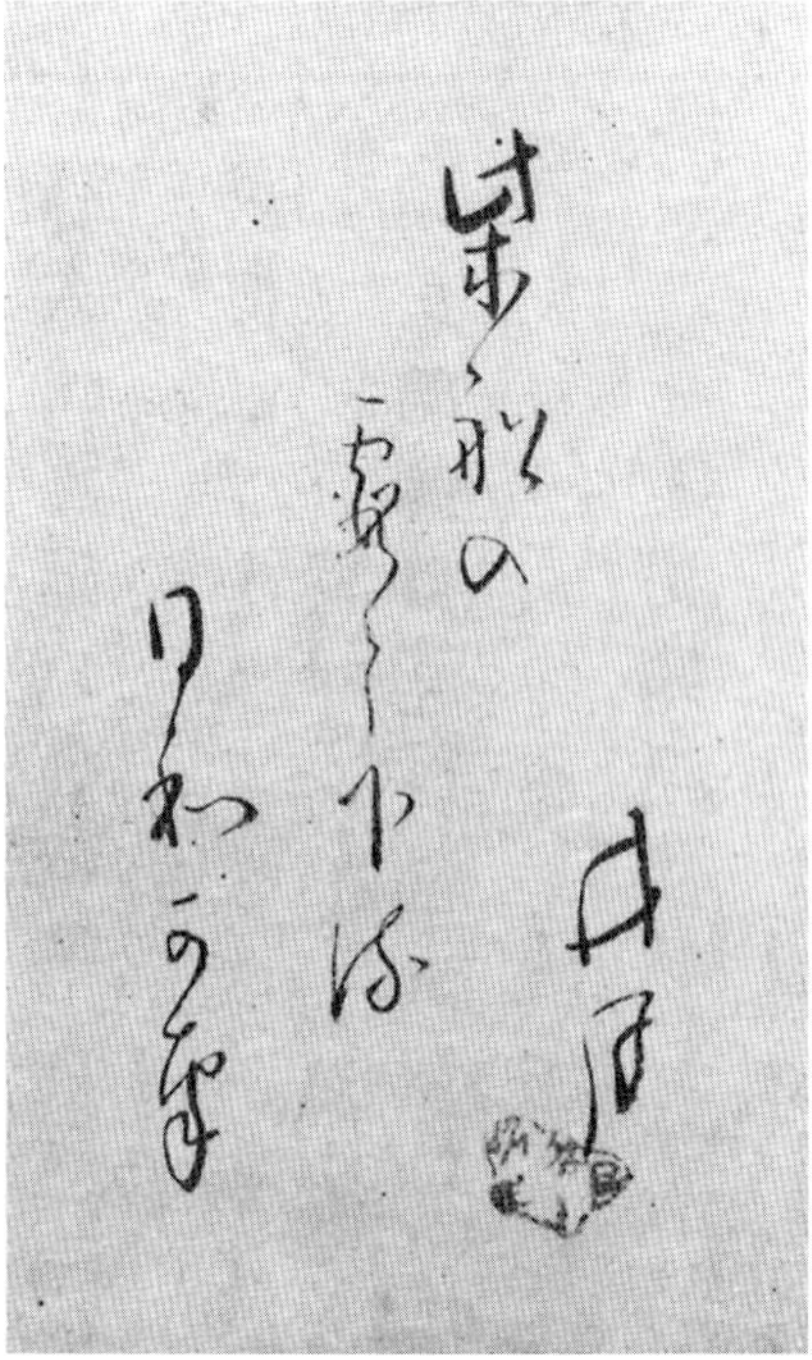

鶏《にわとり》の耳そば立てる鳴子《なるこ》かな

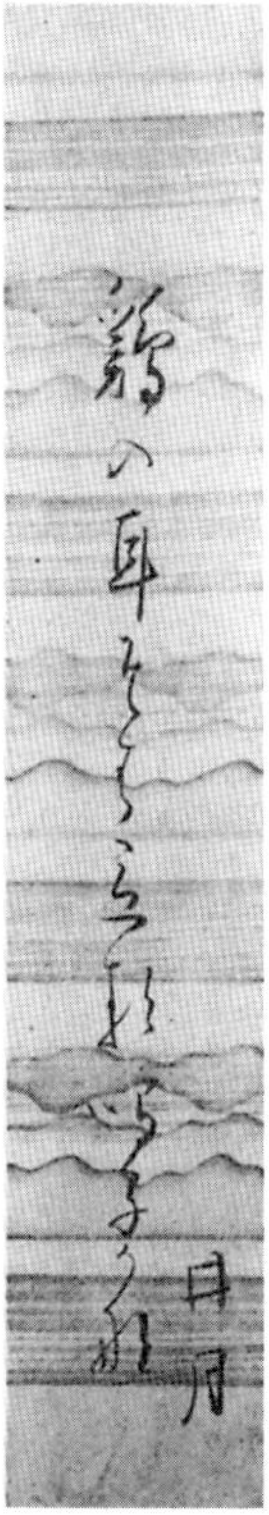

はつ冬や清水がもとのかきつばた

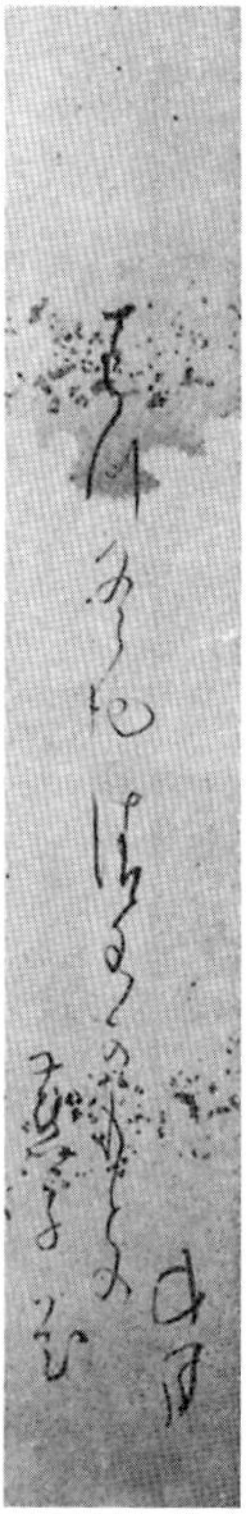

井月の遺墨

井月の墓（伊那市美すず太田窪）

発刊にあたって

昭和十三年、当時の東部教員会（旧高遠町と長谷村の教員の会）によって編集された『井月さん』が、今、ほおずき書籍より、新しくなって発刊されることになりました。この郷土読み物『井月さん』が、より多くの皆さんに愛読されることを願っております。

平成十九年四月

上伊那教育会長　保科　勇

凡例

表記については、原文を尊重したが、読み易くするため次の配慮をした。

一　現行常用漢字・現代仮名遣いの使用を原則とした。ただし一部の固有名詞、熟語、漢字は例外とした。

二　俳句並びに引用文は、原文のままとし、必要な場合は振り仮名をつけた。

三　常用漢字表にない音訓及び小学校四年までに未習の漢字には振り仮名をつけた。

目次

井《せい》月《げつ》さん

瓢《ひょう》簞《たん》

明治の初め頃《ごろ》、伊那の天竜川《てんりゅう》のほとりに、井月《せいげつ》という俳人《はいじん》が住んでいました。大変お酒が好きで、腰《こし》の古ぼけた瓢簞《ひょうたん》は、そのお酒の入れ物でした。昔から旅は道連《みちづ》れと言いますが、井月さんの道連《みちづ》れは大きな瓢簞《ひょうたん》でした。

井月さんの姿《すがた》が見えると、村の子供達《こどもたち》は、

「せんげつが来た。せんげつが来た。」

と言ってさわぎました。腕白《わんぱく》な子達《こたち》が先に立って、小石を投げつけることもありましたが、井月さんは一向無頓着《いっこうむとんちゃく》なもので、後を振《ふ》りむこうともしなければ、又《また》急ぐのでもありません。脚《あし》にまかせて、とぼとぼと村から村へ歩《あゆ》みつづけるのでした。

お宿《やど》

井月さんには、きまったお宿《やど》も一文《もん》のお金もありませんでした。けれど不思議《ふしぎ》なことに、腰の瓢箪《ひょうたん》にはいつもお酒がありました。そしていつも矢立《やたて》をさし、小さな竹の行李《こうり》を背負《せお》っていました。

こうした姿《すがた》は伊那の村々や、時には遠く善光寺《ぜんこうじ》平に現《あらわ》れて、その先々《さきざき》にお宿《やど》がひらけてくるのでした。ある時はお堂の片隅《かたすみ》に、又《また》ある時は草を枕《まくら》として一夜を過ごすこともありましたが、楽しいお宿《やど》が見つかると、幾日《いくにち》でものんきそうに明《あ》かし暮《く》らすのでした。

井月さんは黙《だま》って入って来て、又黙《まただま》って出て行くというおもしろい癖《くせ》を持っていました。農家は蚕《かいこ》の盛《さか》りで忙《いそが》しく、夜もろくろく眠れぬ程《ほど》の時でも、一向《いっこう》平気なもので、風のようにどこからともなくやって来ます。お酒が欲《ほ》しいというから出してやる、紙を欲《ほ》しいというから出してやる、相手がなければひとりで、五日でも十日でもお構いありません。

はづ(ず)れねば当《あた》るに近き蚕《かいこ》かな

こんな句《く》を作って皆を笑《わら》わせることもありました。

「井月さん忙《いそが》しいからまたおいで。」

「また来《く》るよ。」

と聞き取れぬ程《ほど》の声《こえ》で答えて、どこともなく立ち去って行くのでした。

田舎《いなか》には冬が来て、榾火《ほだび》をかこむ人々はおいしい沢庵漬《たくあんづけ》にお茶を飲みながら、

「この頃《ごろ》ちっとも顔を見せないが。」

こんなうわさをする頃《ころ》、井月さんは善光寺《ぜんこうじ》の仁王門《におうもん》あたりをさ

まよっているのでした。

蕎《そ》麦《ば》焼《やき》餅《もち》

井月さんが初めて伊那の谷へ足を入れた頃《ころ》は、天《てん》竜《りゅう》川に帆《ほ》舟《ぶね》が通い、街《かい》道《どう》は人力車や馬車が走る、これが伊那谷の大事な交《こう》通《つう》機《き》関《かん》でした。

沢《さわ》渡《んど》帰《き》帆《はん》

春風にまつ間《ま》程《ほど》なき白《しら》帆《ほ》哉《かな》

沢渡《さわんど》は伊那町(注1)の川下にありますが、この句《く》によっても当時《とうじ》の面《おも》影《かげ》を偲《しの》ぶことが出来ます。

この頃は俳諧《はいかい》が盛《さか》んで、どこの村にも俳人《はいじん》がおりましたから、井月さんは至《いた》る処《ところ》で喜んで迎《むか》えられました。ある時は月見草の咲《さ》く三峰《みぶ》川の端《はし》をたどって、美篶《みすず》村(注2)の塩原梅関《しおばらばいせき》の庵《いおり》を訪《たず》ねるのでした。川を隔《へだ》てた富県《とみがた》村(注3)には竹松竹風《ちくふう》、その隣《となり》の河南《かなみ》村(注4)には六波《ろくは》羅霞松《らかしょう》等、俳諧《はいかい》に趣味《しゅみ》を持つ人々がいました。木曾の寝覚《ねざめ》の床《とこ》を思い浮《う》かばせるような三峰《みぶ》川の上流《じょうりゅう》、伊那里村(注5)杉島の久蘭堂《きゅうらんどう》は井月さんが時々おとずれた所です。谷川の美しい流れと、青葉がくれの鶯《うぐいす》の声はいかに旅人の心を引いたでしょう。その上、芭《ば》蕉《しょう》の掛軸《かけじく》や蕪村《ぶそん》の短冊《たんざく》等があったといいますから、幾度《いくど》となくこうした山深い土地へ姿《すがた》を現《あらわ》すのでした。

ある年のこと、高烏谷山《たかずやさん》につづく新山峠《にゅうやまとうげ》を、いつになく脚《あし》を急がせていた井月さんは、山越《ご》しに杉島を目指《ざ》していました。峰《みね》から小半町《こはんちょう》下ると、雑木《ぞうき》の霜葉《しもば》の間から、谷深い三峰《みぶ》川の流れを見《み》下《お》ろすことが出来《でき》ます。井月さんは日のある中《うち》にと思いながらも、何や彼《か》やと道草《みちくさ》をくって、久蘭堂《きゅうらんどう》へ着く頃《ころ》は、あちこちに榾《ほだ》明かりが見える頃《ころ》でした。幾分《いくぶん》おなかがすいて、心さみしく感じた井月さんは、早速手打蕎麦《さっそくてうちそば》でも御馳走《ごちそう》になりたいものと思ったのですが、あいにく蛭子講《えびすこう》の最中《さいちゅう》でした。蛭子《ひるこ》というのは遠い神代の伊弉諾尊《いざなぎのみこと》の第一の御子《みこ》で、恵比寿《えびす》様としてまつる方ですから、今の恵比寿講《えびすこう》のお祝いであったのです。そこで井月さんは、以前泊《いぜんと》まったことのあるこの家の離《はな》れ座敷《ざしき》へこっそり入りこんで、寝《ね》てしまったのですが、おなかがすいて早速《さっそく》眠れなかったのでしょう。母屋《おもや》の方からは時々客の笑声《わらいごえ》がかすかにもれて来るのでした。

下戸《げこ》の座《ざ》の笑ひ《わらい》小さし蛭子講《えびすこう》

翌朝《よくちょう》、離《はな》れから手を拍《う》つ音がせわしく聞《き》こえて来ました。庭に遊んでいた子供は不思議《ふしぎ》に思ってのぞいて見ると、汚《きたな》いなりのじいさんがいるではありませんか。じいさんは子供《こども》に、

「これを母屋《おもや》へ。」

と言って紙片《かみきれ》を渡しました。それには、

腹《はら》へった蕎《そ》麦《ば》焼《やき》餅《もち》を欲《ほ》しいなあ
と見事な文《も》字《じ》で書いてあったという事です。

信《しな》濃《の》路《じ》

井月さんが初めて信《しな》濃《の》へ来たのは、三十歳《さい》の頃《ころ》で、信《しな》濃《の》の山々は青葉若葉の美しい盛《さか》りでした。山《やま》裾《すそ》の路《みち》を急いでいた井月さんは、やがて岩《いわ》間《ま》の清《し》水《みず》を手にくんで、乾《かわ》き切った喉《のど》をうるおし、信《しな》濃《の》の夏山の景《け》色《しき》に見とれていました。

信濃路《しなのじ》や松魚《かつお》はみねど時鳥《ほととぎす》

佐久《さく》の山奥《おく》に源《みなもと》を発した千曲《ちくま》川は、川中島の古戦場《こせんじょう》のほとりで犀《さい》川を合わせ、善光寺平《ぜんこうじだいら》を北に流れて、遠く越後《えちご》の国へ出るのです。秋も半《なか》ばを過《す》ぎて千曲《ちくま》川には鮭《さけ》が上り、河原の枯葦《かれあし》の葉に吹《ふ》く風も冷《つめ》たく、空には利鎌《とがま》のような月が澄《す》んでいました。

鮭《さけ》の登る川風寒し二十日月《はつかづき》

立ちこめた川霧《かわぎり》の、次第に薄《うす》れて行く千曲《ちくま》川の夜明け、

初鮭《ざけ》やほのかに明けの信濃川《しなのがわ》

井月さんのさすらいの姿《すがた》が、眼《め》の前に見えるようではありませんか。

善《ぜん》光《こう》寺《じ》

善光寺《ぜんこうじ》へたどり着いたのは、木《こ》の葉吹《ふ》き散《ち》る秋の末《すえ》でした。如来様《にょらいさま》に参詣《さんけい》してから、高井鴻山《たかいこうざん》（上高井郡高井村《かみたかいぐんたかいむら》の儒者《じゅしゃ》）の紹介《しょうかい》を持って、大勧進《だいかんじん》に勤《つと》めている吉村隼人《よしむらはやと》の家を訪《たず》ねたのでしょう。

吉村隼人《よしむらはやと》は木鶩《ぼくが》と号《ごう》して相当《そうとう》に名の知れた俳人でした。お母さんを亡《な》くして、母追悼《ついとう》の句《く》を集めていた折《おり》のこととて、大層《そう》井月さんの来訪《らいほう》を喜びました。

乾《かわ》く間もなく秋くれぬ露《つゆ》の袖《そで》

これは、この時、木鶩《ぼくが》さんの家にのこした句《く》ですが、数ある井月さんの遺稿《いこう》中最《もっと》も古いものと言われています。

その後しばらくは、天《あめ》の岩戸《いわと》で名高い戸隠《とがくし》山の奥に、こもっていたようです。

みな清水《しみず》ならざるはなし奥《おく》の院

それから、月で名高い更級《さらしな》の姨捨《おばすて》山に、杖《つえ》をひいたこともありましょう。

井月さんがこうして、信濃路《しなのじ》に入った頃《ころ》、江戸《えど》は黒船《くろふね》騒《さわ》ぎで混《こん》雑《ざつ》の最中《さいちゅう》でした。

蕗《ふき》の薹《とう》

ある日のこと、中沢村田村梅月《ばいげつ》（注6）の家に、背の高い浪人体《ろうにんてい》の男が尋《たず》ねて来ました。色のあせた五つの紋黒《もんくろ》羽二重《はぶたえ》の羽織《はおり》、所々《ところどころ》破《やぶ》れてはいるが白小倉《しろこくら》の袴《はかま》をきちんと着け、風呂敷包《ふろしきづつみ》を細紐《ほそひも》にからげて肩《かた》にしていました。機《はた》の織《お》る手を休めて出て来た妻は、主人の留守《るす》を告《つ》げましたが、旅人は聞きとれぬ程《ほど》の声《こえ》で、何かつぶやきながら、立ち去《さ》る様子《ようす》もありませんでした。日暮《ぐ》れに野良《のら》から帰って来た梅月《ばいげつ》は、異様《いよう》な旅人の姿《すがた》に、不思議《ふしぎ》の眼をみはりました。腰《こし》の矢立《やたて》と無雑作《むぞうさ》にからげた巻紙《まきがみ》を見て、

「お寄《よ》り下さい。」

久し振《ぶ》りに付合《つけあい》の相手を得た主人は、喜んでもてなすのでした。旅人の稀《まれ》にヒヒヒヒという笑《わら》いは独特《どくとく》のものでした。やがて、

「はいお土産《みやげ》。」

と言って、突然《とつぜん》袂《たもと》から一つかみの蕗《ふき》の薹《とう》を差し出したのには、さ

すがの梅月《ばいげつ》も驚《おどろ》いてしまいました。

この旅人《たびびと》こそ井月であったのです。井月さんの言葉の中には、何か心を打つものがありました。手習《てならい》師匠《ししょう》を勤《つと》めている梅月《ばいげつ》は、蕗《ふき》の薹《とう》の土産《みやげ》の事など、いかにも変わった旅人に興味《きょうみ》を持ちながら、互《たが》いに酒をくみ交《か》わしました。やがて主人が筆と紙とを差し出すと、

羽二重《はぶたえ》のたもと土産《みやげ》や蕗《ふき》の薹《とう》

としたためて、又《また》ヒヒヒヒと言っておりました。書については自《じ》慢《まん》の梅月《ばいげつ》も、その文字《もじ》の美しさと気品にほとほと感心するのでし

た。

「あなたのお国はどちらでございますか。」

と問うのでしたが、井月は相変わらず象《ぞう》のようなとろりとした眼をしているばかりで、答えようともしませんでした。

旅から旅へ

信濃《しなの》に入る前の井月さんの旅については、確《たし》かな証拠《しょうこ》がありませんから、その足跡《そくせき》ははっきりしませんが、大体のこされた俳句によって、旅の跡《あと》をたどってみましょう。

芭蕉《ばしょう》さまを慕《した》った井月さんは、まず「道《みち》の奥《く》」へ脚《あし》を進めまし

た。道《みち》の奥《く》というのは都に遠いという意味で、昔の都、京都からはずっと離《はな》れた非常《ひじょう》に不便《ふべん》な土地で、能因法師《のういんほうし》の、

都をば霞《かすみ》と共に立ちしかど
秋風ぞ吹く白河の関《せき》

の歌に名高い白河《しらかわ》の関《せき》を越《こ》えた、今の奥羽地方であります。今日《こんにち》のような交通機関《こうつうきかん》のない昔のこと故《ゆえ》、宿屋《やどや》のないところもあったりして、それは、随分《ずいぶん》苦しい旅であったに違《ちが》いありません。

裏《うら》日本に出《い》でては、

象潟《きさがた》の雨なはらしそ合歓《ねむ》の花

松島では、

塩竈《しおがま》のけぶりも立《たち》て朝ざくら

芭蕉《ばしょう》が思いを残してはるかに見やった笠島《かさじま》の里にては、

行《ゆ》く雁《かり》や笠島《かさじま》の灯《ひ》の朧《おぼろ》なる

日光山へ参詣《さんけい》したのは初夏の頃《ころ》でありました。

初虹《はつにじ》や裏見《うら》が滝《たき》に照《て》る朝日

東海道を西に向かいては、

山姥《やまうば》も打《うつ》か月夜の遠きぬた
方角《ほうがく》を富士《ふじ》に見て行《ゆ》く花野《はなの》かな
冬ざれや身方《みかた》が原の大根畑《だいこばた》
霜風《しもかぜ》や伊勢《いせ》の下向《げこう》の迎《むかい》ひ馬

琵琶湖《びわこ》のほとり、粟津《あわづ》の義仲寺《ぎちゅうじ》に芭蕉《ばしょう》さまを偲《しの》び、その墓《はか》を訪《たず》ねるのでした。

淡雪《あわゆき》や橋の袂《たもと》の瀬多《せた》の茶屋
坂本の茶屋も賑《にぎわ》ふ桜《さくら》かな
涼《すず》しさの真《まっ》たゞ《だ》中や浮見堂《うきみどう》
辛崎《からさき》の一夜《いちや》の雨や杜宇《ほととぎす》

などはこの辺《へん》でよんだものに相違《そうい》なく、

京都の付近にては、

乙鳥《つばくら》や小路名《こうじな》多き京の町

すゞ《ず》しさの見《ご》こゝ《こ》ろにあり四条《しじょう》の灯《ひ》

虫鳴くや嵯峨《さが》に宿借《やどか》るよしもなき

深草《ふかくさ》や鶉《うずら》の声に日の当《あた》る

鳥羽《とば》へ来《き》てたしなき鶉《うずら》聞きにけり

宇治《うじ》にさへ《え》宿《やど》とり当《あて》てはつ蛍《ほたる》

大阪城に上りて、

これがその黄金水《こがねのみず》か時鳥《ほととぎす》

須磨《すま》にて

須《す》磨《ま》の暮散《くれち》来《り》る花の身に寒し
後《のち》の月須《す》磨《ま》から連《つ》れに後《おく》れけり
霰《あられ》にも夕栄《ゆうばえ》もつや須《す》磨《ま》の浦《うら》

これより西の旅については、全く分からないが、多《た》分《ぶん》引き返して信濃に向かったのでしょう。

雪の国

雪《そ》車《り》に乗りしこともありしを笹粽《ささちまき》

井月さんの故郷《こきょう》は、雪の国、越後《えちご》のどの辺《へん》だかはっきり知ることは出来ませんが、まだ勝蔵《かつぞう》といった少年の頃《ころ》、雪車《そり》に乗って戯《たわむ》れたその頃《ころ》を、思い浮かべたのです。

長い間、故郷《こきょう》をはなれていた井月さんにも、折《おり》にふれて、幼かりし日を過《す》ごした故郷《こきょう》を、思い出すこともありました。

行暮《ゆきくれ》し越路《こしじ》や榾《ほだ》の遠明り
父恋《こい》し蓑笠《みのかさ》もたぬ裸《はだか》虫
親もちし人は目出度《めでた》し墓《はか》祭り
雁《かり》がねに忘《わす》れぬ空や越《こし》の浦《うら》

伊那の井月

暖《あたた》かい春の午過《ひるす》ぎ、天竜川に沿《そ》ってぽつりぽつりと、脚《あし》を運《はこ》んでいる旅人がありました。柳《やなぎ》の若芽の美しさに脚《あし》を留《と》めて、しばらく見とれていた旅人は、やがて、土手の若草に腰を下ろすのでした。空に囀《さえず》る雲雀《ひばり》の声も長閑《のど》かに、風に揺《ゆら》ぐ柳《やなぎ》を見ては、深く今の我《わ》が身と思いくらべるのでした。この旅人こそ井月さんであったのです。

井月さんの句の中より二、三拾《ひろ》えば、

橋毎《ごと》に柳《やなぎ》のほしき街《ちまた》かな
曙《あけぼの》は千鳥もないて梅柳《うめやなぎ》
地に影《かげ》をうつして風の柳《やなぎ》かな

旅から旅へとさまよった井月さんは、後半生《こうはんせい》の三十年を伊那谷で過《す》ごしました。

駒《こま》が根に日和定《ひよりさだ》めて稲《いね》の花

こんな句をいうまでに、伊那の自然になじんだ井月さんでした。

行く先の家々でもらった着物を身にまとい、その新しい羽織《はおり》で通りがかりの小川で、魚をすくおうと夢中になったり、又《また》冬の寒い日に、乞食《こじき》があまり寒そうだからと言って、着物まで施《ほどこ》したこともありました。晩年は乞食《こじき》のようなみすぼらしさで、

目出度《めでた》さも人任《まか》せなり旅の春

と少しの屈託《くったく》もありませんでした。いつも古ぼけた瓢簞《ひょうたん》を旅の道連《みちづ》れとし、むっつりとして牛のような歩みをつづけるのでした。井月さんが亡《な》くなってまだ五十幾年かの歳月《さいげつ》ですが、ここに、大《たい》層惜《そうお》しいことは、井月さんの折角《せっかく》のこした美しい文字の多くが、失われてしまったことです。井月さんは多作家でありました。

人々の心づくしによって土蔵《どぞう》の隅《すみ》や、屋根裏《やねうら》あたりから、世に出た俳句一千五百(注7)に近いのを見ても想像《そうぞう》出来るのです。

井月さんの学問の深いことは、人々に認《みと》められていました。芭《ば》蕉《しょう》の書いた「幻住庵《げんじゅうあん》の記」と言う長い文章をすっかり暗記《あんき》していました。これにはさすが、当時《とうじ》の人々も感心したということですが、いつどこで学んだのだろうと、村の人達も不思議《ふしぎ》に思うのでした。それは江戸に住んでいた頃《ころ》の勉強によるのでしょう。「幻《げん》住庵《じゅうあん》の記」の文字が、この辺《へん》でぽつぽつ見受けられるのは、誠《まこと》にうれしいことで、この中には井月さんの書の中でも、非常にすぐれたものがあると言います。手良《てら》村(注8)の清水庵《きよみずあん》や、富県《とみがた》村の日枝《ひえ》神社には井月さんの書いた立派《りっぱ》な奉納額《ほうのうがく》が上がっています。

越後獅子《えちごじし》

国に帰るといって帰らざること三度《みたび》。

立ちそこね帰り後《おく》れて行乙鳥《ゆくつばめ》

伊那谷で送った長い歳月の間には、こうして故郷《こきょう》へ帰ろうと、思い立ったこともありましたが、つい果《は》たせませんでした。

井月さんは若い頃《ころ》、人に傷《きず》を負《お》わせたために、江戸へ遁《のが》れたのだともいい、ある人は武士の子に生まれながら、武士を嫌《きら》う意気《いく》地《じ》なしともいいました。主君に忠諫《ちゅうかん》を尽《つ》くしたが、かえって身の仇《あだ》となったためであるともいい、又孤児《またこじ》の悲しさから、漂泊《ひょうはく》の身となったなどともいうのでした。それはいずれも雲をつかむような評判《ひょうばん》に過《す》ぎぬものです。又幕末《またばくまつ》の騒乱《そうらん》に、一軍に従《したが》って来た途中、こっそり落伍《らくご》して、碓氷峠《うすいとうげ》から信濃《しなの》へ入ったという人もありました。

江戸へ旅立った井上勝蔵《かつぞう》、後《のち》の柳《やなぎ》の家《や》井月が、今の東京に幾歳《いくさい》月《げつ》、学問に精出したかははっきりしませんが、ざっと十年間は過ぎ去っていたことと思《おも》われます。それから北越《ほくえつ》・象潟《きさがた》・松島《まつしま》・日光《にっこう》・東海《とうかい》・京大阪《きょうおおさか》・須磨明石《すまあかし》の旅を経《へ》て、信濃《しなの》の国へ入ることになります。

文久《ぶんきゅう》三年五月、井月四十二歳《さい》の頃《ころ》、三峰《みぶ》川について上って来た井月さんは、高遠藩《たかとおはん》の老臣《ろうしん》岡村菊叟《おかむらきくそう》先生の門を敲《たた》きました。先生は勤王家《きんのうか》であり、砲術家《ほうじゅつか》であり、詩歌俳諧《しいかはいかい》の道にもすぐれていました。井月さんが先生を訪《たず》ねたのは、「越後獅子《えちごじし》」の序文《じょぶん》を請《こ》うためでした。この本は井月さんが諸国《しょこく》を行脚《あんぎゃ》した際《さい》に、その先々《さきざき》で風雅人《ふうがじん》の俳句を集めたもので、井月編纂《へんさん》の旅の記念句集《きねんくしゅう》です。巻《かん》末《まつ》には、

時鳥《ほととぎす》旅なれ衣《ころも》脱《ぬ》ぐ日かな

と井月の句が載《の》せてあります。口絵《くちえ》は池上鳳雲《ほううん》氏の手によって、

頭を地につけ、脚《あし》を宙《ちゅう》に浮かべて、家の門《かど》に踊《おど》る越後獅子《えちごじし》の様《さま》が描《か》かれてあります。この木版刷《もくはんず》りの記念集は、現在はほとんど失われ、僅《わず》か四、五冊《さつ》残っているのみだということです。この本によって、井月さんの旅の跡《あと》と、生まれた国が想像《そうぞう》出来ます。

文久《ぶんきゅう》三年のさつき、行脚《あんぎゃ》井月わが柴門《しばど》を敲《たた》いて一小冊子《さっし》をとうで、序文《じょぶん》を乞《こ》ふ《う》。わぬしはいづ《(ず)》こよりぞ問《と》へ《え》ば、こしの長岡《ながおか》の産《さん》なりと答ふ《う》。おのれまだ見ぬあたりなれば、わけてとひ《い》きくべきふしもなし。まづ《(ず)》かたはら《わ》なるふみ《(筆)》でをとりて、

角兵衛《かくべえ》が太鼓《たいこ》は過《す》ぎてなく水鶏《くいな》

是《これ》を引出物《ひきでもの》の一笑《いっしょう》にて、濁酒盃《だくしゅはい》をすゝ《す》め、知音《ちいん》の数にくはは《わわ》り、はし文《ぶみ》のもとめを諾《だく》す。もとより此《こ》の集句のよしあしを撰《えら》びたるにあらず。足をそらに国々をかけ巡《めぐ》りたるあかし文《ぶみ》、これも角兵衛《かくべえ》がたぐひ《い》ならんかと、この小冊子《さっし》に越後獅子《えちごじし》とは題号《だいごう》しぬ。

鶯《おう》老人

（越後獅子《えちごじし》の序文《じょぶん》）

鶯《おう》老人は菊叟《きくそう》先生の俳号《はいごう》で、先生を訪《おとず》れたのは、これがそもそもの初めであることは序文《じょぶん》で明瞭《めいりょう》であります。

「わぬしは何処《いずこ》よりぞ。」

「越《こし》は長岡《ながおか》の産《さん》。」

井月さんと、きちんと端座《たんざ》した菊叟《きくそう》先生の話の様《さま》が、よく出ていると思います。

井月さん自《みずか》ら書いた文章《ぶんしょう》の中に、「越後《えちご》は長岡《ながおか》へ」という言葉があり、菊叟《きくそう》先生に対しても、「越《こし》は長岡《ながおか》の産《さん》」と申し立て、又《また》北越漁人《ほくえつぎょじん》と称《しょう》した俳号《はいごう》によっても、越後《えちご》は長岡《ながおか》の生まれらしいのです。

蝙蝠《こうもり》や足洗ひ《い》とて子は呼《よ》ばる
行々子《ぎょうぎょうし》あまりと言ひ《い》ばはしたなき

この句の中に用いられた、ひの仮名遣《かなづか》いは誤《あやま》りで、「幻住庵《げんじゅうあん》の記《き》」のような、長い文章《ぶんしょう》にさえ誤《あやま》りのない井月さんが、何故《なぜ》こうした間違《まちが》いをしたのでしょう。越後《えちご》人独特《どくとく》のへ《え》というべきを、ひ《い》と言ったのであると思われます。

梅もどき

明治五年九月八・九両日のことでした。天竜《てんりゅう》川の東岸《とうがん》、伊那村（注9）字《あざ》大久保の中村新六家《け》には、百十数名の人々の集まりがありました。降りつづいた雨に簗《やな》は大当たりだなどと、にぎやかな笑《わら》い声もれてくるのでした。川西の上穂《うわぶ》、今の赤穂村（注10）からは、手習《てなら》い師《し》匠《しょう》亀《かめ》の家《や》蔵《ぞう》六《ろく》、伊那町の狐島《きつねじま》からは、呉《ご》竹《ちく》園《えん》凌《りょう》冬《とう》と、ここら界《かい》わいの風雅人《ふうが》の集まりでした。宗匠《そうしょう》凌冬《りょうとう》のそば近く、井月さんが正座《せいざ》に構《かま》えていました。伊那谷を第二の故郷《こきょう》のようにしていた井月さんが、いよいよ国へ戻《もど》ることを決心したのです。これは別離《べつり》の宴《えん》で、一文《もん》なしの井月さんのために、旅費までも恵《めぐ》まれたのでした。

虫まけもせぬを手柄《てがら》か吾亦紅《われもこう》

住み慣《な》れた土地を捨《す》てて、戻《もど》って行くにつけても、

「さて国への土産《みやげ》は何であったかな、『虫まけもせぬを手柄《てがら》か…』まあ今日《きょう》までよく達者で生きられたことだ。」

と過ぎ去った日を省《かえり》みるのでした。

親しく交《まじ》わった人々は、今日の別れを惜《お》しみ、互《たが》いに酒をくみ交《か》わし、夜の更《ふ》けるのも知りませんでした。

「井月は故郷《こきょう》へ帰った。」

こんなうわさが、村々に伝わって行った頃、又《また》ひょっこりと、天竜《てんりゅう》のほとりに帰って来て、人々を驚《おどろ》かしました。

その後、年を取った井月さんを、故郷《こきょう》へ送りとどけようとの話が出て、善光寺詣《まい》りにことよせて誘《さそ》い出されました。のんきな井月さんは、こうしたことは露程《つゆほど》も知るわけがありません。飯島山《いいじまさん》好《こう》と共《とも》に如来《にょらい》さまに参詣《さんけい》して、その夜は思い出深い、長野の街《まち》に泊《と》まりました。翌《よく》朝、井月さんが草鞋《わらじ》を結《むす》ぶそのすきに、山好《さんこう》はいずこともなく姿をかくして、井月さんを置き去りにしてしまいました。
それから半歳《はんさい》も過《す》ぎた秋の末頃《ごろ》、井月さんは、漂然《ひょうぜん》と山好《さんこう》のもとに戻《もど》って来て
「ハイお土産《みやげ》。」
と笑いながら差し出した一句は、

秋経《ふ》るや葉に捨《す》てられて梅擬《うめもどき》

余波《なごり》の水茎《みずくき》

遣《や》るあてもなき雛《ひな》買ひ《い》ぬ二日月《ふつかづき》

夕暮《ゆうぐ》れの店頭に、美しく飾《かざ》られてあるお雛様《ひなさま》を見ては、無精《むしょう》に欲《ほ》しくなり、財布《さいふ》の中に残る幾《いく》らかの金を出して、雛人形《ひなにんぎょう》を買いました。さて誰《だれ》にやろうかと考えたが、別にやるところもありませんでした。

井月さんのために、小さい庵《いおり》でも造《つく》ってやりたいという人もありましたが、そうした親切な人達は、つぎつぎに亡《な》くなって行きました。

時は明治十七年、六十三歳《さい》の頃《ころ》であります。井月さんは上伊那郡美篶《みすず》村太田窪塩原家《おおたくぼしおばらけ》へ、清助《せいすけ》と名を改《あらた》めて婿入《むこい》りをしたのですが、それは名ばかりのお婿《むこ》さんでした。栗《くり》の実は美しく色づいて、山路《やまじ》には、落葉の音もなつかしい頃《ころ》でした。霞松《かしょう》さんは井月さんの入籍《にゅうせき》を祝うて、

心よき水の飲み場やさし柳《やなぎ》

その翌《よく》年、「余波《なごり》の水茎《みずくき》」という本が出版《しゅっぱん》されたのです。塩原家《しおばらけ》へ入籍《にゅうせき》して、伊那を終焉《しゅうえん》の地と思い定めた、その記念集で、塩原《しおばら》

家《け》の主人《あるじ》梅関《ばいせき》、六波羅霞松《ろくはらかしょう》などによって出版《しゅっぱん》され、序《じょ》は呉竹園《ごちくえん》凌冬《りょうとう》、跋《ばつ》は井月によってなされたものです。余波《なごり》の水茎《みずくき》が世に出て間もなく、明治二十年、この水茎《みずくき》は全く世の名残《なごり》となったのでした。

古里《ふるさと》に芋《いも》を掘《ほ》りて生涯《しょうがい》を過《すご》さんより、信濃路《しなのじ》に仏《ほとけ》の有《あり》がたさを慕《したわ》はんにはしかじと、此《こ》の伊那にあしをとどめしも良《やや》廿年《にじゅうねん》余りに及《およ》ぶ。取分《とりわけ》、親しかりける人々の、むかしを思い出して夜《よ》寒《ざむ》を語る友垣《ともがき》に換《かう》るものならし。

明治十八年酉《とり》の行秋《ゆくあき》

落栗《おちぐり》の座《ざ》を定《さだ》めるや窪溜《くぼだま》り

柳《やなぎ》の家　（余波《なごり》の水茎《みずくき》の跋《ばつ》）

終《しゅう》　焉《えん》

明易《あけやす》き夜を日に継《つ》ぐや水車

この句は竹風《ちくふう》（富県《とみがた》村竹松銭弥《ぜにや》）に送ったもので、夜昼《よるひる》絶《た》え間なく、くるくる回る水車の精根《せいこん》を手本として、根気よく勉強しなさいと、励《はげ》ましたものです。竹風は伊那村字塩田《あざしおだ》の米屋《よねや》という酒屋に、久《ひさ》しく雇《やと》われていた評判《ひょうばん》の実直者《じっちょくもの》で、至極《しごく》、井月さんのお気に入りでありました。俳諧《はいかい》の道にもすぐれていて、晩《ばん》年井月さんから、芭蕉《ばしょう》さまの土の像《ぞう》などもらった程《ほど》の人です。

余波《なごり》の水茎《みずくき》が出版《しゅっぱん》されて間もなく、井月さんは日《ひ》に増《ま》し老衰《ろうすい》していきました。明治十九年の暮《く》れ、伊那村からの帰途《きと》、ついに火《ひ》山峠《やまとうげ》のふもとで、行《ゆ》き倒《だお》れとなったのです。井月さんは路傍《ろぼう》の雪の中に倒《たお》れて、虫の息であったのでした。通りかかった村の人々は、気の毒に思って、隣《となり》村富県《とみがた》へと、担《にな》い込《こ》んで行きました。

「竹風《ちくふう》やい。竹風《ちくふう》やい。」

吹雪《ふぶき》の間に間に、もれて来るかすかな声は、お弟子《でし》を呼ぶその声でありました。かけつけた竹風《ちくふう》は、早速《さっそく》人手を借《か》りて、霞松《かしょう》の家へお連れしたのでしたが、井月さんは、美篶《みすず》村太田窪《おおたくぼ》の塩原家《しおばらけ》へ届《とど》けて欲《ほ》しいとのことでしたから、病気を見舞《ま》う遠近の人々と共《とも》に、三峰《みぶ》川を渡《わた》って梅関《ばいせき》のもとへ送り届《とど》けたのでした。
その後、腰《こし》も立たず、口もきけず、日増《ま》しに衰《おとろ》えていきましたが、

何処《どこ》やらに鶴《つる》の声聞く霞《かすみ》かな

の句《く》をしたためたのが最後となりました。明治二十年三月十日(旧暦《きゅうれき》二月十六日)、井月さんは六十六歳《さい》で、美しい文字と多くの俳句《はいく》をのこしてこの世を去ったのでした。

東に仙丈《せんじょう》、西に駒ケ岳《こまがたけ》を望む美篶《みすず》村六道原の片《かた》ほとりの、高さ一尺《しゃく》八寸《すん》、巾《はば》一尺《しゃく》一寸《すん》、厚《あつ》さ六寸程《すんほど》(注11)の自然石の面《おもて》に、

降《ふる》とまで人には見せて花曇《ぐもり》

と文字もかすかにきざまれた碑《ひ》こそ、井月さんの永久に眠《ねむ》る墓《ぼ》所《しょ》であります。

逸《いつ》話《わ》抄《しょう》

以下逸話《いつわ》、俳句《はいく》、略年譜《りゃくねんぷ》は井月全集から抜粋《ばっすい》したもので、この中に「私」とあるは、下島勲《いさお》先生のことです。

不死身《ふじみ》の井月

私が十歳《さい》位の頃《ころ》、五・六人の友と小学校の帰り道に、たまたま井月のトボトボとやって行く姿《すがた》を見つけたので、その腰《こし》にぶら下げている瓢簞《ひょうたん》をなげ石の手練《しゅれん》で破《やぶ》ることに相談一決《そうだんいっけつ》した。そこで大小手頃《てごろ》の石を盛《さか》んになげうったがなかなかうまく当たらない。悪太郎の我々《われわれ》も少しじれ気味《ぎみ》で一層盛《いっそうさか》んにやっている中に、誰《だれ》のが当たったのか後頭部から血が流れ出した。が、井月は振り向いても見ず歩調も変わらぬ。私はこの時非常《ひじょう》な恐怖《きょうふ》を感じたので、一生懸命《けんめい》後の方へ逃《に》げ出した。すると、他の友達も私の後ろから逃《に》げて来た。日の暮れかかる頃《ころ》家へ帰ってみると、井月は仏間《ぶつま》で酒を飲んでいた。祖母が薬《くすり》を付けてやったことは夕食の時に聞いたので、ビクビクしていたが、我々《われわれ》のいたずらの結果《けっか》であったことが家の者に漏《も》れていないのでいささか安心した。翌日学校で上級生の一人にその話をしたら、「井月は不死身《ふじみ》である。」と言った。

虱《しらみ》と井月

ある夏のことである。学校から帰るが早いか、大笊《ざる》を提《さ》げて独《ひと》り天竜川原《てんりゅう》へ飛び出した。それは雑魚《ざこ》をすくうためなのである。天竜の支《し》流深《ふ》っ川の河《かわ》べりをあさりながら上って行くと、三・四株《かぶ》柳《やなぎ》の茂《しげ》っている陰《かげ》に井月が座《すわ》っているのである。午後四時頃《ごろ》の西日を浴《あ》びて何をしているのかと近寄《よ》って見れば、ぼろの襟《えり》の辺《あた》りから虱《しらみ》を摘《つま》んで前の石の上へ並《なら》べているのである。これは妙《みょう》だと見物していたが、いかにも悠々緩々《ゆうゆうかんかん》と採っては並《なら》べ、並《なら》べては見ているというわけで、私も小半時《こはんとき》見ていたが人がいるとも感じぬらしい。私はいつ結末《けつまつ》がつくかわかりそうもないので、また雑魚《ざこ》すくいに取りかかった。それから四・五日して私の家へ来たのを覚えている。

施《せ》行《ぎょう》

ある年の冬のことである。井月が二・三日逗留《とうりゅう》中、衣類が余《あま》りに薄《うす》くて寒そうであるからというので、祖母が古い綿入《わたい》れ羽織《ばおり》を着せてやった。その日祖母は自分の生まれた栗林《くりばやし》の里へ行ったのである。三日ばかり遊んでの帰途、伊那村の諏訪《すわ》社の前で井月に出会ったが、着せてやったはずの羽織《はおり》を着ていない。不思議《ふしぎ》に思っていかがしたのかを聞いてみると、乞食《こじき》があまり寒そうに見えたからくれてやったと平気なので、祖《そ》母もほとんどあきれていた。

野《の》宿《じゅく》

ある晩《ばん》秋《しゅう》の頃《ころ》、私の家に一泊《ぱく》して翌《よく》日の午後の五時頃《ころ》トボトボ出掛《か》けるので、今時分どこへ行くかと見ていれば、道を左に曲がったので、さては伊那村方面へ行くであろうと気にも止めずにいたが、夜に入って瓦《かわら》屋の主人から注《ちゅう》進《しん》が来た。それは井月が私の家から約三・四町程《ほど》離《はな》れた狐《きつね》窪《くぼ》の萱《かや》原へ座《すわ》り込《こ》んで、何を見ているのか考えているのか、日が暮《く》れても動く様子《ようす》がない。そこで塩握《しおにぎ》り飯《めし》と酒を持たせてやったが、握《にぎ》り飯《めし》を一つ食うて酒を飲んで寝《ね》てしまった。寒かろうというので職工《しょっこう》が空俵《あきだわら》を頭からかぶせてやったが、身動きもしない、あのまま死んでしまうのではなかろうかというのであったが、翌《よく》早朝学校へ行く時に見たら、空《あき》俵《だわら》はあったが井月は居なかった。

犬と井月

私が十一・二歳《さい》の正月、母の生家大久保《おおくぼ》の中村方に遊んでいた時のことである。前々日頃《ころ》雪がかなり降《ふ》って、まだいかほども消えていない夕方であった。門前でしきりに犬のほえるのを聞いて飛び出して見れば、井月を目掛《が》けて盛《さか》んにほえ付《つ》いているのである。子供《こども》の私はおもしろいことにして見物していた。井月は竹の杖《つえ》をついてやや前《まえ》かがみの姿勢《しせい》で犬とにらみ合いをしている。犬が回れば井月も回る。グルグルグル、時の三十分間も回っていたが、祖《そ》母と従姉《いとこ》の姿《すがた》が門前に現《あらわ》れたころ犬の根気《こんき》が抜《ぬ》けたのか、尾《お》を振《ふ》って我《われ》らの前へ引き上げて来た。井月は中村方に幾《いく》日いたか、私は翌《よく》日家へ帰った。

篆《てん》刻《こく》

ある年の初秋《しょしゅう》の頃《ころ》、山遊びをして伊那《いな》村の八幡社《はちまんしゃ》境内《けいだい》に入ると、鳥居《とりい》わきの所に座《ざ》を占《し》めて何《なに》かしきりに細工《さいく》している井月を見い出《だ》した。何をしているかとのぞいて見れば、印《いん》を刻《こく》している。印《いん》材《ざい》の一つは角形《かくがた》の粗末《そまつ》に削《けず》った木材、一つは南瓜《かぼちゃ》のへたである。また道具は洋傘《こうもり》鉄骨《てっこつ》の短くしたものへ尖《とが》り刃《ば》を付《つ》けたのであった。これを見学した私は、当時《とうじ》洋傘《こうもり》鉄骨《てっこつ》で盛《さか》んにでたらめの印《いん》を刻《こく》した覚《おぼ》えがある。

以上は下島先生が実際《じっさい》に見聞した奇行逸話《きこういつわ》である。

奉納額《ほうのうがく》

富県村《とみがた》福地《ふくち》の村社に井月選句自筆《せんくじひつ》の奉納額《ほうのうがく》がある。これは井月の書に対する力作《りきさく》で非常《ひじょう》に立派《りっぱ》な出来栄《できば》えであるという。これを揮毫《きごう》する際《さい》の話が振《ふ》るっている。それは、酒を飲んでは一・二句《く》書き、また飲んでは寝《ね》てしまう、というようなことで一向出来《いっこうでき》上《あ》がらぬ。四・五日目には村の世話役《せわやく》から大変な苦情《くじょう》が出てきたが、井月はそれがために急いで書き上げようともせず、相変《あいか》わらずの態度《たいど》なので、皆々愛想《みなみなあいそう》をつかして放置《ほうち》しておいたが、ようや

く八日目の晩《ばん》に出来上がった。その立派《りっぱ》な芸術《げいじゅつ》は今に光ってい
るのである。

山椒《さんしょう》の土産《みやげ》

ある年の春。中沢村曽倉《そぐら》の竹村富吉《とみきち》氏方へやって来て、袂《たもと》を探《さぐ》って何《なに》やらうやうやしく紙包《かみづつ》みを差し出した。それが土産《みやげ》のつもりらしいので、主人が早速《さっそく》開いて見れば山椒《さんしょう》の若芽であった。主人は即座《そくざ》に、「酒出せの謎《なぞ》か山椒《さんしょう》のひと捻《ひね》り」と戯《たわむ》れたので、井月は手を打って、「千両千両」を連呼《れんこ》したという。

戯《ざ》れ対吟《ついぎん》

西春近村(注12)下牧《しもまき》の加納豹《かのうひょう》太郎氏とは平生《へいぜい》心やすい間柄《あいだがら》であった。ある時井月がやって来たので「井月の色の黒さや時鳥《ほととぎす》」と戯《ざ》れたが、井月は直《ただ》ちに「豹《ひょう》太郎真向《まむき》に見れば梟《ふくろ》かな」と、報《むく》いて笑《わら》ったという。

せけつ

中沢村字《あざ》高見《たかみ》中割《なかわり》の田村甚《じん》四郎氏の俳《はい》名を梅月《ばいげつ》といい、井月と交《まじ》わり深く時々立ち寄《よ》った家である。梅月《ばいげつ》氏は近所《きんじょ》の子供《こども》に寺子屋式の読み書きを教えていたので、あたかも泊《と》まっていた井月が今出て行こうとした時稽古《けいこ》中の一人の子供《ども》が、半紙に丸坊主《まるぼうず》をかき、「せけつがひひひひゆていくとこ」と題《だい》して見せた。この時井月喜色満面《きしょくまんめん》で、例の「千両千両」を連発《れんぱつ》して出て行ったという。

お留守《るす》か

農蚕多忙《のうさんたぼう》な時節《じせつ》であった。梅月《ばいげつ》氏の内君がただ一人蚕《さん》室で蚕《かいこ》の世話をしていると、井月がやって来て、「お留守《るす》か。」と声をかけたので、「おります。」と返事をした。すると、井月が「お留守《るす》かへ居《え》ります茲《おここ》に桑《くわ》くれて。」と、戯《たわむ》れたとのことである。

寝床《ねどこ》の間違《まちが》い

赤穂《ほ》町西裏《うら》に庭師《にわし》の倉田助太郎という人がいる。明治十二・三年頃の秋のこと、出入り先の南向《みなかた》(注13)村竹の内という家の隠居《いんきょ》の庭の手入れをして泊《と》まっていた時のことである。井月がやって来てこれも三日ばかり逗留《とうりゅう》していたが、その最終《さいしゅう》の泊《と》まりの晩《ばん》、何《なに》かの祝《いわ》いで酒の馳走《ちそう》があった。井月も大酔《よ》いして床《とこ》に就《つ》き、助太郎氏も大分酔《だいぶよ》って井月と同室の寝床《ねどこ》に入った。一睡《いっすい》後の夜中にあまりモゾモゾするので目が覚《さ》めた。手探《さぐ》りでなで回して見ると無数《むすう》の虱《しらみ》がいる。さては井月に寝床《ねどこ》を間違《まちが》えられたなと、気《き》が付《つ》いたが、夜中騒《さわ》ぐ訳《わけ》にもいかず苦しい半夜を我慢《がまん》で明かし、翌朝《よく》早速事《さっそくじ》情《じょう》を訴《うった》えたので、井月は苦笑《にがわら》いをし、隠居《いんきょ》は大笑《わら》いをするというようなわけ。そこで隠居《いんきょ》が気を利《き》かして、虱《しらみ》のかわりに何か書いてもらうがよかろう、やるがよかろうと裁《さば》いたので、井月も承諾《しょうだく》はしたが、今日《きょう》はちょっと都合《つごう》があるからまた会った時というので、朝食後いずれへか出て行ったのである。その後に井月に会う機会もなく過《す》ぎ去ったが、四・五年後の春のことである。宮田駅の笹屋《ささや》という家の庭の手入れをしていると、井月の通行を発見したので、早速《さっそく》前年の約束履行《やくそくりこう》を迫《せま》ったのである。井月は直《ただ》ちに快《かい》諾《だく》したが、紙の持ち合わせがないというので、唐紙《とうし》二・三枚を買ってきてやった。場所は笹屋《ささや》の縁側《えんがわ》に座《ざ》を占《し》めて、唐紙《とうし》を小さく幾《いく》枚にも切ったのへ俳句《はいく》を書きはじめたが、通りがかりの好《す》き者も立ちどまって、私にも一枚私にも一枚というので、紙のあるだけ書いてしまった。もらった人達《たち》が寸志《すんし》を紙に包んで辞退《じたい》するのを置いて行ったので、井月は早速《さっそく》駅はずれの天徳《てんとく》という料亭《りょうてい》へ立ち寄《よ》り、包み紙をそのまま並《なら》べて、これだけ酒を飲ませろといったのであった。どれほどの銭《ぜに》であったか、上機《き》嫌《げん》の酔態《すいたい》で、薄暮《はくぼ》いずれへか立ち去ったとのことである。

うまい発句《ほっく》

ある時、伊那村の某家《ぼうけ》へやって来た。主人が当時有名な某宗《ぼうそう》匠《しょう》の短冊《たんざく》が一枚手に入ったからというので、「どうだ先生、お前も発句《ほっく》はなかなか出来るそうだが、いま日本で名高いというこの宗匠《そうしょう》には及《およ》ぶまい。」といったのであった。井月はその短冊《たんざく》をのぞいていたが、ニヤニヤ笑って、「美しい細君《さいくん》を持って、ぜいたくをして、机の上で出来上がる発句《ほっく》だもの、うまいはずよ。」といったとやら。

柿《かき》の葉のお土産《みやげ》

伊那村箱畳《はこだたみ》、湯沢《ゆざわ》文太郎氏の話。ある時井月が来《き》て、落ちている柿《かき》の葉を拾い、しきりに着物でこすってほこりを落としている。何をするのかと見ていたら、やがて家へ入って妻女《さいじょ》の前へそれを出して、「ハイお土産《みやげ》。」

心せい月

高遠《たかとお》の市《いち》へ井月が行くというので、中沢村奈良屋《ならや》の弟、竹村富《とみ》吉《きち》氏が一文《いちもん》もなくて市へ行くのはといって笑《わら》ったら、即座《そくざ》に「一《いち》文《もん》の銭《ぜに》がなくても千両《せんりょう》と人にいはれて心せい月。」

俳《はい》句《く》抄《しょう》

春の部

春寒し雨に交《まじ》りて何《なに》か降《ふる》

長閑《のどか》さや鳥影《かげ》のさす東窓《まど》

長閑《のどか》さや清《し》水《みず》滴《したた》る岩の鼻《はな》

長閑《のどか》さや柳《やなぎ》の下の洗《あら》ひ《い》臼《うす》

鐘《かね》撞《つ》けば流石《さすが》に更《ふ》けて春の宵《よい》

膳椀《ぜんわん》の露《つゆ》きるうちや春の雪

鯉《こい》はねて眼《め》の覚《さ》めにけり春の雨

箒《ほうき》目の少しは見えて別《わか》れ霜《じも》

見るもの丶《の》霞《かす》まぬはなし野の日《ひ》和《より》

何《ど》処《こ》やらに鶴《つる》の声聞く霞《かすみ》かな

柴《しば》舟《ぶね》の霞《かす》んで下《くだ》る日《ひ》和《より》かな

降《ふる》とまで人には見せて花曇《ぐもり》

初《はつ》虹《にじ》や裏《うら》見が滝《たき》に照《て》る朝日

淡《あわ》雪や橋の袂《たもと》の瀬《せ》多《た》の茶屋

春の野や酢《す》みそにあは《わ》ぬ草の無《なし》

魚《うお》影《かげ》のたま〳〵《たま》見えて水温《ぬる》む

山里や雪間《ま》を急ぐ菜《な》の青み

畑《はた》打《うち》や腰《こし》のして見る鬼《おに》瓦《がわら》

遣《や》るあてもなき雛《ひな》買ひ《い》ぬ二《ふつ》日《か》月《づき》

春風にまつ間《ま》程《ほど》なき白《しら》帆《ほ》哉《かな》

恋《こい》すてふ《ちょう》猫《ねこ》の影《かげ》さす障《しょう》子《じ》かな

鶯《うぐいす》のひとり機《き》嫌《げん》や庵《いお》の窓《まど》

乙《つば》鳥《くら》や小《こう》路《じ》名多き京の町

行《ゆ》く雁《かり》や笠《かさ》島《じま》の灯《ひ》の朧《おぼろ》なる

雁《かり》がねに忘《わす》れぬ空や越《こし》の浦《うら》

若《わか》鮎《あゆ》の瀬《せ》に尻《しり》まくる子供《ども》かな

遠い田に蛙《かわず》鳴くなり夕《ゆう》間《ま》暮《ぐ》れ

はづ《ず》れねば当《あた》るに近き蚕《かいこ》かな

表から裏《うら》から梅《うめ》の匂《にお》ひ《い》かな

山はまだ鹿《か》の子まだらや梅《うめ》の花

思ひ《い》よらぬ梅《うめ》の花見て善《ぜん》光《こう》寺《じ》

須《す》磨《ま》の暮《くれ》散《ちり》来る花の身に寒し

塩《しお》竈《がま》のけぶりも立《たち》て朝さ《ざ》くら

楠《くすのき》正《まさ》行《つら》

散《ちり》しほ《お》の健《けな》気《げ》にみゆる桜《さくら》かな

弛《ゆる》む日の罔《かげ》両《ぼし》を見る柳《やなぎ》かな

橋毎《ごと》に柳《やなぎ》のほしき街《ちまた》かな

曙《あけぼの》は千《ち》鳥《どり》もないて梅《うめ》柳《やなぎ》

地に影《かげ》をうつして風の柳《やなぎ》かな

兎《と》もすれば汗《あせ》の浮《う》く日や木瓜《ぼけ》の花

菜《な》の花に遠く見ゆるや山の雪

羽《は》二《ぶた》重《え》のたもと土《み》産《やげ》や蕗《ふき》の薹《とう》

根を包む紙を貰《もら》ふ《う》や花菫《すみれ》

藤《ふじ》さくや遠山うつす池の水

目《め》出《で》度《た》さも人任《まか》せなり旅の春

解《と》け初《そ》める諏《す》訪《わ》の氷や魚の影《かげ》

夏の部

風涼《すず》し机の上の湖《こ》月《げつ》抄《しょう》
すゞ《ず》しさの見こ《ご》ゝ《こ》ろにあり四《し》条《じょう》の灯《ひ》
涼《すず》しさの真《まっ》たゞ《だ》中や浮《うき》見《み》堂《どう》
明《あけ》易《やす》き夜を日に継《つ》ぐや水車
魚の寄《よ》る藻《も》の下かげや雲の峰《みね》
岩が根に湧《わき》音《おと》かろき清《し》水《みず》かな
みな清《し》水《みず》ならざるはなし奥《おく》の院
呼《よび》水の余《あま》りを庭の青田かな

水《みず》際《ぎわ》や青田に風の見えて行《ゆ》く
ひとつ星など指《ゆびさ》して門《かど》すゞ《ず》み
のぼり立つ家から続く緑かな
築《つき》山に滝《たき》さへ出来て青簾《すだれ》
雪車《そり》に乗りしこともありしを笹粽《ささちまき》
信《しな》濃《の》路《じ》や松《かっ》魚《お》はみねど時鳥《ほととぎす》
時鳥《ほととぎす》旅なれ衣《ころも》脱《ぬ》ぐ日かな
辛《から》崎《さき》の一《いち》夜《や》の雨や杜宇《ほととぎす》
これがその黄《こ》金《がねの》水《みず》か時鳥《ほととぎす》
行々子《ぎょうぎょう》あまりといひ(へ)《い》ばはしたなき（33頁参照）
水くれて夕かげ待つや蛍《ほたる》籠《かご》

宇《う》治《じ》にさへ《え》宿とり当《あて》てはつ蛍《ほたる》

子供《ども》にはまたげぬ川や飛《とぶ》蛍《ほたる》

蝙《こう》蝠《もり》や足洗ひ《い(へ)》とて児《こ》は呼ばる（33頁参照）

うと〱《うと》と旅のつかれや若《わか》葉《ば》かげ

象《きさ》潟《がた》の雨なはらしそ合《ね》歓《む》の花

いつとなく雁《かり》行《ゆく》跡《あと》や麦《むぎ》のいろ

旋《ひる》花《がお》や切れぬ草《わら》鞋《じ》の薄《うす》くなる

魚《うお》網《あみ》に使ふ《う》気《き》転《てん》や夏羽《ば》織《おり》

秋の部

秋立《たつ》や声に力を入れる蟬《せみ》

行《ゆく》秋《あき》の壁《かべ》に挟《はさ》むや柄《え》なし鎌《がま》

秋風や身《み》方《かた》が原の大《だい》根《こ》畑《ばた》

草木のみ吹くにもあらず秋の風

山を越《こえ》川越《こえ》け《きょ》ふ《う》の月見かな

後《のち》の月須《す》磨《ま》から連《つ》れに後《おく》れけり

乾《かわ》く間もなく秋くれぬ露《つゆ》の袖《そで》

休ら《ろ》ふ《う》て居《お》れば鐘《かね》きく花《はな》野《の》かな

方角《ほうがく》を富士《ふじ》に見て行《ゆ》く花野《はなの》かな

親もちし人は目出度《めでた》し墓《はか》祭り

山姥《うば》も打《うっ》か月夜の遠きぬた

鶏《にわとり》の耳そば立てる鳴子《なるこ》かな

はら〳〵《はらはら》と木《こ》の葉交《まじ》りや渡《わた》り鳥

風さそふ《う》朝の木《こ》の葉や渡《わた》り鳥

立ちそこね帰《かえ》り後《おく》れて行《ゆく》乙鳥《つばめ》

鳥《と》羽《ば》へ来てたしなき鶉《うずら》聞《き》きにけり

深《ふか》草《くさ》や鶉《うずら》の声《こえ》に日の当《あた》る

売《うり》に来る鋸《のこぎり》鎌《がま》や百《も》舌鳥《ず》の声

鶺《せき》鴒《れい》や飛《とび》石ほしき朝の川

鮭《さけ》の登る川風寒し二十日月《はつかづき》

初鮭《ざけ》やほのかに明けの信濃《しなの》川

虫鳴くや嵯峨《さが》に宿借《やどか》るよしもなき

蟷螂《かまきり》やもの〳〵《ものの》しげに道へ出る

杖《つえ》かしてやりたき萩《はぎ》の盛《さかり》かな

虫まけもせぬを手《て》柄《がら》か吾《われ》亦《も》紅《こう》

朝川を渉《わた》る人あり散《ちる》柳《やなぎ》

迷《まよ》ひ《い》入る山に家あり蕎《そ》麦《ば》の花

駒《こま》が根《ね》に日《ひ》和《より》定《さだ》めて稲《いね》の花

落《おち》栗《ぐり》の座《ざ》を定《さだ》めるや窪《くぼ》溜《だま》り

鍬《くわ》を取る人の薄《うす》着《ぎ》や柿《かき》紅葉《もみじ》

紅葉《もみじ》見に又《また》も借《か》らるゝ《る》瓢《ひさご》かな

鬼灯《ほうずき》を上《じょう》手《ず》にならす靨《えくぼ》かな

菊《きく》の香《か》や客呼《よび》にやる夕月夜

秋経《ふ》るや葉に捨《す》てられて梅《うめ》擬《もどき》

虫食《くわ》ぬ十月桃《もも》や温泉《ゆ》の径《こみち》

子供《ども》等《ら》も羽《は》づくろひ《い》して行《ゆく》乙鳥《つばめ》

冬の部

初冬や清《し》水《みず》がもとの燕《かき》子《つ》花《ばた》

苫《とま》舟に初冬らしきけぶりかな

ゆるむ日の罔両《かげぼし》見るや寒《かん》の入《いり》

何云《いわ》はん言《こと》の葉もなき寒《さむ》さかな

冬ざれや壁《かべ》に挟《はさ》みし柄《え》なし鎌《がま》

冬ざれや身《み》方《かた》が原の大《だい》根《こ》畑《ばた》

春を待つ娘《むすめ》心や手鞠《まり》唄《うた》

帘《さかばた》に旭《ひ》のいろ栄《はえ》る冬《とう》至《じ》かな

掃《は》きよせて時《し》雨《ぐれ》の音を聴《き》く落葉

積《つ》み込《こ》みし俵《たわら》にぬくきしぐれかな

狐《きつね》火《び》の次《し》第《だい》に消《き》えて小《さ》夜《よ》時《し》雨《ぐれ》

凩《こがらし》やとまり烏《からす》の横に行《ゆ》く

山までは幾《いく》度《たび》も来て雪おそし

霜《しも》風《かぜ》や伊《い》勢《せ》の下《げ》向《こう》の迎《むか》ひ《い》馬

初霜《しも》の心に鐘《かね》を聴《き》く夜かな

霰《あられ》にも夕栄《ばえ》もつや須《す》磨《ま》の浦《うら》

桐《きり》の実の鳴る程《ほど》なりて冬の月

我《わが》道の神とも拝《おが》め翁《おきな》の日

囉《もろ》ふ《う》たる火《ひ》種《だね》なくする枯《かれ》野《の》かな

下《げ》戸《こ》の座《ざ》の笑《わら》ひ《い》小さし蛭《えび》子《す》講《こう》

子供《ども》等《ら》が寒うして行《ゆ》く火《こ》燵《たつ》かな

行《ゆき》暮《くれ》し越《こし》路《じ》や榾《ほだ》の遠明り

鷹《たか》鳴くや富《ふ》士《じ》に曇《くも》りのなき夕《ゆうべ》

酒さめて千鳥のまことききく夜かな

冬の蠅《はえ》牛にとりつく意地《いじ》もなし

略《りゃく》年《ねん》譜《ぷ》

文政《ぶんせい》五　壬《みずのえ》子《ね》
（一歳《さい》）井月、長岡（確説《かくせつ》か）に生まる。親兄弟、家柄《がら》などすべて未詳《みしょう》。

天保《てんぽう》十　己《つちのと》亥《い》
（十八歳）出郷《しゅっきょう》、江戸に出《い》ず（巷説《こうせつ》）。

嘉永《かえい》五　壬《みずのえ》子《ね》
（三十一歳）長野において吉村木鵞《ぼくが》の母追弔《ついちょう》詩歌《しいか》を一枚刷《まいず》りにせる中に、井月の「乾《かわ》く間《ま》もなく秋暮れぬ露《つゆ》の袖《そで》」の句《く》見ゆ。

嘉永六　癸《みずのと》丑《うし》
（三十二歳）「稲妻《いなずま》や網《あみ》にこたへ《え》し魚の影《かげ》」の一句《く》を載《の》せたる、木鵞編句《ぼくがへんく》集「きせ綿《わた》」長野にて開版《かいはん》。

安政五《あんせい》	戊午《つちのえうま》	（三十七歳）中沢村田村梅月《ばいげつ》のこの年、調製《ちょうせい》「発句書《ほっくかき》抜帳《ぬきちょう》」中「桜木《さくらぎ》は葉にくもりしや杜宇《ほととぎす》」の句に井月選出《せんしゅつ》の印あり。
安政七（万延元《まんえんがん》）	庚申《かのえさる》	（三十九歳）正月二十七日、同地野村野月、喜寿祝《きじゅいわい》帳《ちょう》に、井月へ返礼の品目を書けり。
文久元《ぶんきゅうがん》	辛酉《かのととり》	（四十一歳）十二月、南向《みなかた》村四徳《しとく》、小松桂雅《けいが》方にて桂《けい》雅《が》、葎窓《りっそう》の連句《れんく》を書く。
文久三	癸亥《みずのとい》	（四十二歳）五月、高遠の岡村菊叟《きくそう》を訪《おとな》いて「越後獅《えちごじ》子《し》」の序《じょ》を乞《こ》う。九月、田村梅月《ばいげつ》方にて奉額揮毫《ほうがくきごう》。
元治元《がん》	甲子《きのえね》	（四十三歳）水無月《みなつき》のころ、長野善光寺宝勝院主梅《ほうしょういんしゅばい》塘《とう》を訪《おとな》い、滞留《たいりゅう》約《やく》百日、辞去《じきょ》の際《さい》「家つと集」成《な》る。

元治二　乙《きのと》丑《うし》（四十四歳）正月、上水内郡下長井酒井康斎《こうさい》方にて五吟歌仙《ぎんかせん》。井月および同地方俳人の句、井月・板下《ばんか》・翠山《すいさん》・培樵《ばいしょう》画歳旦帖《さいたんちょう》、二種印刷。

明治元《めいじがん》　戊《つちのえ》辰《たつ》（四十七歳）宮田村山浦山圃《さんぽ》六十賀の句《く》あり。

明治二　己《つちのと》巳《み》（四十八歳）三月、富県《とみがた》村基角亭《きかくてい》にて四吟半歌仙《ぎんはんかせん》。六月、同村蚕玉《こだま》社祭に詠句《えいく》。七月、同村日枝《ひえ》神社奉額《ほうがく》揮毫《きごう》。

明治三　庚《かのえ》午《うま》（四十九歳）山圃《さんぽ》画井月字歳旦帖《さいたんちょう》あり。伊那村火山《ひやま》下平松風方《しょうふう》襖《ふすま》、中沢村百々目木《どどめき》の堂、東春近村（注14）五社神社奉額《ほうがく》。六月、宮田村湯沢亀石《きこく》方にて句《く》。十月、西春近村地蔵《じぞう》堂奉額揮毫《ほうがくきごう》。九月十七日、西春近村加納《かのう》

明治四　辛《かのと》　未《ひつじ》

五声《ごせい》方にて三吟半歌仙《ぎんはんかせん》。十二月四日誕生《たんじょう》の五声《ごせい》の子、英三郎七夜の祝句《いわいく》あり。

（五十歳）月松画《げっしょう》、井月字歳旦帖《さいたんちょう》。伊那町上牧において布精《ふせい》・春鶴《しゅんかく》と付合《つけあい》しはこの年初冬か。

明治五　壬《みずのえ》　申《さる》

（五十一歳）九月八・九両日、伊那村大久保中村新六方にて「柳廼舎《やなぎのや》送別書画展観会」あり。引札《ひきふだ》の印刷に会主、会幹五名、ほか補助《ほじょ》者伊那峡文墨《ぶんぼく》の人百十三名におよぶ。十一月、手良村東松矢沢文軽《ぶんけい》方にて半歌仙《はんかせん》一巻、歌仙《かせん》二巻。

明治七　甲《きのえ》　戌《いぬ》

（五十三歳）美篶《みすず》村青島の橋爪玉斎《ぎょくさい》と句画合作《くがかっさく》あり。七月、東春近村飯島有実《うじつ》方延寿《えんじゅ》会の句《く》を額書《がくしょ》す。

明治八　乙《きのと》亥《い》（五十四歳）五月、富県村井上題治郎《だいじろう》、下島真治方にて大幅揮毫《たいふくきごう》。

明治九　丙《ひのえ》子《ね》（五十五歳）春、手良村清水観音堂《きよみずかんのんどう》の奉額揮毫《ほうがくきごう》。伊那町福島三沢富哉《ふさい》方にて禾圃《かほ》追善連句《ついぜんれんく》あり。火山《ひやま》宮下笛吹《てきすい》の襖《ふすま》、下牧加納有隣《かのううりん》の筆入れ《ふでい》に句《く》を書く。三月二十九日、四徳《しとく》小沢思耕《しこう》方棟木《むなぎ》に大書《たいしょ》す。九月、伊那町上牧唐木菊園《きくえん》方にて菊詠《きくえい》集序《じょ》を書く。十一月、富哉《ふさい》方にて歌仙《かせん》。十二月二十七日、手良村向山田畝《でんぽ》と半歌仙《はんかせん》。

明治十　丁《ひのと》丑《うし》（五十六歳）初冬、赤穂村野溝素人《のみぞそじん》方にて祖丸《そがん》と歌仙《かせん》。九月、東春近村山の庵《いおり》の奉額揮毫《ほうがくきごう》。

明治十一　戊《つちのえ》寅《とら》　（五十七歳）十月、三沢富哉《ふさい》と歌仙《かせん》。圃山古稀《ほざんこき》の合作《がっさく》句集《くしゅう》あり。

明治十二　己《つちのと》卯《う》　（五十八歳）三月、上水内郡《みのちぐん》下長井久保田盛斎《せいさい》方にて、「俳諧正風起証《はいかいしょうふうきしょう》」を書く。初夏、盛斎《せいさい》および同郡笹平山本亀遊《きゆう》とおのおの両吟歌仙《ぎんかせん》。（この地方に庵住《あんじゅう》を欲《ほっ》して得《え》ず、また南信に戻《もど》れるものの如し。）晩夏、下高井郡瑞穂《みずほ》村梅春亭《ばいしゅんてい》にて両吟歌仙《ぎんかせん》。

明治十三　庚《かのえ》辰《たつ》　（五十九歳）晩春、箕輪村(注15)浦野昌雄《まさお》方にて唐詩揮毫《とうしきごう》。四月、下高井郡瑞穂《みずほ》村真居庵《しんきょあん》にて梅春《ばいしゅん》・可春《かしゅん》と三吟《ぎん》歌仙《かせん》。

明治十五　壬《みずのえ》午《うま》　（六十一歳）三月一日、西春近村下牧加納有隣《かのううりん》と両吟《ぎん》

歌仙《かせん》および、春の雪、梅の花百二十句の連作《れんさく》をなす。初夏《しょか》、四徳《しとく》小沢思耕《しこう》方にて用文章二冊《さつ》を認《みと》む。

明治十六　癸《みずのと》　未《み》

（六十二歳）殿島《とのじま》橋竣成祝句《しゅんせいいわいく》あり。四月、伊那町福沢稲谷《とうこく》方にて半歌仙《はんかせん》。十月下旬《げじゅん》、北信久米路《くめじ》橋に遊ぶ。

明治十七　甲《きのえ》　申《さる》

（六十三歳）二月、美篶《みすず》村諏訪《すわ》神社、七月十二日、手良村松尾神社の奉額揮毫《ほうがくきごう》。五月十七日より十一月八日まで上下伊那郡行脚《あんぎゃ》の日記あり。八月七日、諸家《しょか》投吟《とうぎん》をあらたむ。

明治十八　乙《きのと》　酉《とり》

（六十四歳）四月十日より数日間、南向《みなかた》・中沢両村往《おう》来《らい》の日記あり。秋「余波《なごり》の水茎《みずくき》」開版《かいはん》。塩原清助《しおばらせいすけ》の名にて美篶《みすず》村梅関《ばいせき》、塩原折治《しおばらおりじ》方に入籍《せき》せしはこの年か。

明治十九　丙《ひのえ》　戌《いぬ》
(六十五歳) 六月十八日 (新暦《しんれき》七月十九日) 松本の弓屋川井某《ぼう》と共に中沢村の田村梅月《ばいげつ》を訪《おとな》う (梅月《ばいげつ》の日記)。伊那里村杉島久蘭堂《きゅうらんどう》にて「高砂《たかさご》や」の賀句《がく》あり。

明治二十　丁《ひのと》　亥《い》
(六十六歳) 二月十日 (新暦《しんれき》三月四日)、病気につき塩原梅関《しおばらばいせき》句貰《くもら》いのため田村梅月《ばいげつ》を訪《おとな》う (梅月の日記)。二月十六日 (新暦《しんれき》三月十日)、美篶《みすず》村末広太田《すえひろおおた》窪《くぼ》の梅関《ばいせき》方にて没《ぼっ》す。

大正《たいしょう》九　庚《かのえ》　申《さる》
(没後《ぼつご》満三十三年) 三月、塩原家にて三十三回忌《き》を営《いとな》み、碑《ひ》を立つ。

大正十　辛《かのと》　酉《とり》　（没後《ぼつご》満三十四年）十月二十五日、下島勲《いさお》編《へん》「井月の句集」出版《ぱん》

（注1）伊那町…現伊那市伊那
（注2）美篶村…現伊那市美篶
（注3）富県村…現伊那市富県
（注4）河南村…現伊那市高遠町河南
（注5）伊那里村…現伊那市長谷
（注6）中沢村…現駒ヶ根市中沢
（注7）一千五百…現在では一千七百
（注8）手良村…現伊那市手良
（注9）伊那村…現駒ヶ根市東伊那
（注10）赤穂村…現駒ヶ根市赤穂
（注11）一尺は三〇・三センチメートル
一寸は三・〇三センチメートル
（注12）西春近村…現伊那市西春近
（注13）南向村…現中川村南向
（注14）東春近村…現伊那市東春近
（注15）箕輪村…現箕輪町福与

〔初版奥付〕

郷土読み物 井月さん

昭和十三年十二月一日　印刷
昭和十三年十二月五日　発行

編集兼発行人　上伊那郡高遠町
代表　仁科岡雄

印刷者　長野市妻科町一七三
大日方利雄

印刷所　長野市南縣町六五七番地
信濃毎日新聞株式会社

発行所　上伊那郡高遠町
上伊那郡東部教育会

郷土読み物　井月さん

昭和十三年十二月五日　初版
昭和六十二年三月五日　改訂復刻版

編集兼発行人　代表　春日久志

発行所　上伊那郡高遠町
上伊那東部教員会

印刷所　伊那市春日町
伊那毎日新聞社

郷土読み物　井月さん

昭和十三年十二月五日　初版
昭和六十二年三月五日　改訂復刻版
平成十三年十二月五日　改訂復刻版

編集兼発行人　代表　春日賢太郎
発行所　上伊那郡高遠町
上伊那東部教員会
印刷所　伊那市狐島
聖光房美術印刷所

郷土読み物　井月さん

昭和十三年十二月五日　初版
昭和六十二年三月五日　改訂復刻版
平成十三年十二月五日　改訂復刻版
平成十九年五月十三日　改訂復刻版

編　集　伊那市伊那三五〇〇—一
上伊那教育会
会長　保科　勇

発行人　木戸一雄

発行所　長野市柳原二一三三—五
ほおずき書籍株式会社

発　売　東京都文京区大塚三—二一—一〇
株式会社　星雲社

定価は表紙に表示

ISBN978-4-434-10641-5 C0095 ¥476E